In 27/17264

AU

GOUVERNEMENT

FRANCAIS.

AN X.

ÉTAT DE SERVICES.

JOSEPH ROSNY né à Paris le 29 Août . . 1771.
Élève de l'École militaire de *Rébais* en 1784,
85, 86 et 1787.
Soldat au Régiment de *Vexin* en . . . . 1788.
Sergent-Fourrier au même Régiment en . . 1789.
Volontaire au 1er. batail. du Départ. du *Cher* en 1791.
Sous-Lieutenant dans les Comp^es. franches en 1792.
Lieutenant, *Quartier-Maître-Tresorier* de la Légion des *Ardénnes* en l'an 1er
Adjoint au Général de Brigade *Jacob*, l'an . 2
Adjoint aux Adjudans généraux de l'Armée de l'*Ouest*, l'an 3
Réformé par la Commission de santé, l'an . 3
Sous-Chef à la Commission des armées de terre, l'an 4
Commis d'Ordre au Ministère de la *Police générale*, l'an 5
Sous-Chef du Bureau de l'*Esprit public* au même Ministère, l'an 6
1er. *Rédacteur* à l'Instruction publique, l'an . . 7
Capitaine Quartier-Maître-Trésorier du 1er. Bataillon de l'*Aveyron*, l'an 7
Commis-Divisionnaire au Ministère de l'*Intérieur*, l'an 8
Sans Emploi en l'an 9
Directeur de l'Octroi municipal à *Autun*, l'an 10

Joseph ROSNY, *Homme de Lettres, Capitaine réformé, et Directeur de l'Octroi à* AUTUN,

Au Consul BONAPARTE.

Citoyen consul,

IL est temps enfin, qu'un ancien Officier qui a eu l'honneur de servir sous vos ordres, et qui languit aujourd'hui dans une honteuse obscurité, donne quelque énergie à l'expression de sa douleur; il est tems qu'il porte ses justes réclamations jusqu'aux pieds de l'autorité consulaire; qu'il lui soit donc permis d'élever sa faible voix parmi la foule de solliciteurs qui, de toutes parts, assiégent le Palais du gouvernement par leurs clameurs importunes. Ce n'est point une grace, une faveur qu'il se hazarde à réclamer; ce n'est point une retraite, une pension ni un secours qu'il vient demander à grands cris; mais ce sont les moyens de

A 3

servir utilement sa patrie, en mettant à profit quelques talens qu'il peut avoir reçus de la nature, et surtout en utilisant cette volonté bien prononcée de faire le bien, qui souvent équivaut au talent lui-même.

Dans tout autre temps, sous tout autre gouvernement, Citoyen Consul, je n'aurais pas même pris la peine d'invoquer la justice, ni de mettre en avant le bien général, encore moins mon intérêt particulier, bien persuadé d'avance que mon *Mémoire* n'eût pas été accueilli, qu'il n'eût pas même été lu. Aujourd'hui que je n'ai pas à craindre de le voir tomber entre les mains d'un subalterne ignorant ou perfide, je prends la plume avec cette assurance qui donne de la force au plus faible, et du courage au plus timide.

Eh! comment ne me sentirais-je pas animé de cette noble émulation, de ce feu divin qui développe les ressorts du génie, sur-tout lorsque la France entière possède sous ses yeux un exemple frappant de la hauteur à laquelle l'homme peut s'élever lorsqu'il est véritablement à sa place!....

L'amour de la gloire, et l'amour du bien public, ont de concert fait un Héros; pourquoi de pareils sentimens ne produiraient-ils pas encore un homme plus ou moins utile à l'État?...

Oui, Citoyen Consul, un pareil aveu ne doit avoir rien d'humiliant pour celui qui le fait; aussi je vous avoue que depuis l'organisation du gouvernement consulaire, je suis dévoré par la louable ambition de sortir de l'état d'obscurité dans lequel de longs malheurs m'ont réduit, pour achever de remplir envers mon pays, la dette que nous avons contracté de le servir de tous nos moyens. Je rougis secrettement de la nullité où le sort m'a plongé; je ne songe qu'avec un secret dépit à mon indolente oisiveté : une voix intérieure me dit que je serais plus utile à ma patrie, si j'étois à la place que la raison et la philosophie m'assignent. J'ose dire que je me sens pénétré avec violence du sentiment intime de ma force; il me semble que je saurais trouver en moi les ressources de l'imagination; enfin, j'ai l'orgueil de croire que du poste auquel j'ose prétendre, je parviendrois un jour à justifier le choix de ceux qui m'y auraient placé, peut-être même à les forcer de s'en applaudir.

Un pareil langage, Citoyen Consul, pourrait paraître à tout autre l'effet de l'exagération; mais vous, à qui l'expérience s'unit à l'étude des hommes, au lieu de voir dans l'expression de ma franchise, l'effet d'une imagination exaltée, ou d'un amour propre dicté par la sottise, vous n'y verrez sans doute que le noble orgueil et le saint enthousiasme d'un cœur bien né, dévoré du désir louable d'acquérir une part dans la reconnoissance de ses concitoyens.

J'ai déjà trente ans révolus, et je n'ai encore rendu à mon pays que de ces légers services dont tant d'autres se sont glorifiés. Je l'ai servi dans les camps et dans les administrations civiles. Depuis dix années j'ai travaillé à mériter les suffrages de l'homme de bien, par

la manière dont j'ai géré les divers emplois qui m'ont
été confiés ; j'ai même obtenu de lui une remarque toute particulière ; mais je le sens, j'eusse fait davantage
si j'eusse été mieux à ma place. Tant que l'Anarchie a
divisé la France, je n'ai conservé aucun espoir d'a-
vancement ; mais aujourd'hui que les lumières ont
remplacé cet odieux Vandalisme, aujourd'hui qu'un
gouvernement juste, éclairé et protecteur des talens,
leur tend une main secourable, je respire, j'espère, je
sollicite… j'ose en un mot attendre de sa justice, les
moyens de développer quelques dispositions que la
nature a placées en moi, et qui peut-être un jour me
concilieraient l'estime des chefs de l'État, si j'étais à
portée d'opérer sous leurs yeux.

On peut attendre beaucoup d'un homme que le sentiment de la gloire anime ; rarement il trompe l'espé-
rance qu'on met en lui, et la douleur que j'éprouve
de n'avoir encore rendu à mon pays aucun service
signalé, est la preuve certaine que le sentiment qui
me tourmente, est celui de la gloire.

Il est de toute vérité que mon cœur se serre lorsque
j'apprends une action d'éclat, un bienfait quelconque,
un service rendu à l'état, ou une vue sage et bienfaisante à laquelle je n'ai pas participé. Lorsque seule-
ment j'entends prononcer le nom d'un homme qui s'est
rendu recommandable par le bien qu'il a fait, j'envie
son sort mille fois heureux, et je *jalouse* l'emploi qui
lui a fourni les moyens de se signaler.

Par quelle fatalité, Citoyen CONSUL, suis-je donc

le seul hors d'état de s'élancer avec succès dans la carrière politique? eh! par quelle fatalité suis-je forcé de croupir dans l'oubli, tandis que je brûle du desir honorable d'utiliser mes moyens, et de prendre l'essor vers une route plus digne de moi!...

Quoi, Citoyen Consul! après avoir rempli avec distinction pendant dix années consécutives, des emplois en chef, tant dans la partie administrative, que dans la partie militaire; après avoir constamment consacré mes veilles, mes travaux et mes moyens littéraires à la propagation des principes et de la morale, je suis aujourd'hui pour ainsi dire exilé dans une petite ville de province, avec le titre de *Directeur de l'Octroi?* oh! non Citoyen Consul, ce n'est pas là votre intention. Ce n'est pas ainsi que vous récompensez les hommes qui ont sacrifié leur fortune, leur jeunesse et leur sang pour consolider le gouvernement républicain.

A toutes ces considérations, Citoyen Consul, ne pourrais-je en ajouter qui, sans doute, ne sont pas indifférentes pour votre sensibilité; je veux parler de mon intérêt particulier, ou plutôt de celui d'une famille nombreuse et intéressante dont je suis l'unique appui. Une épouse et des enfans chéris, une mère âgée et infirme, voilà l'objet de mes tendres sollicitudes; Ne seraient-elles comptées pour rien dans un siècle de lumières, de philantropie et de vertus sociales?

Cependant, je le sais, dans un gouvernement mû

par le bien général, l'intérêt particulier ne peut être que d'une faible considération. Aussi pour ajouter à celui qu'inspire l'infortuné, je vais, Citoyen CONSUL, joindre ici un exposé court mais succinct, de mon existence morale et politique.

Sans doute il n'est pas permis de se vanter soi-même, mais il fut toujours permis à un Soldat français de dire : ici j'ai combattu pour les lois de mon pays ; là j'ai cueilli une branche de laurier qui servira de monument historique dans ma famille. En telle année, en telle campagne, j'ai versé mon sang pour ma patrie ; enfin, à telle époque, en tel endroit, un Héros m'a conduit dans le chemin de la victoire.

Fils unique d'une famille autrefois considérée, et attaché à cette classe d'hommes que l'on nommait privilégiés, je n'en eus ni les qualités ni les vices, par la raison que j'étois trop jeune encore pour hériter de leurs principes. Un des premiers, je me rendis volontairement à l'appel qui fut fait à la jeunesse dès l'année 1792, et je renonçai sans effort à un emploi de 40,000 liv. dont mon père était revêtu depuis près de soixante ans, et dont la survivance m'était promise ; j'eus bientôt la satisfaction d'être remarqué des divers Généraux qui commandaient alors, et après avoir passé par tous les grades, je parvins en peu de temps à celui de *Capitaine*.

C'est avec ce titre honorable que je fis les premières campagnes de la liberté : guidé dès lors par l'honneur,

par ce sentiment impérieux qui me rend si pénible
l'état de nullité où je me trouve aujourd'hui, je m'acquis dans la guerre mémorable de la *Vendée*, l'estime de mes chefs, et la bienveillance de mes frères
d'armes. Sans retracer ici les actions où je me trou-
vai, je puis assurer que dans ces temps désastreux,
dont il est à desirer que nous perdions jusqu'au souvenir, je n'ai jamais cessé de former des vœux pour
le rétablissement des principes de l'ordre et de la paix.
La sanglante Anarchie était alors dans toute sa force ;
elle était en insurrection ouverte contre les principes
et les lois ; elle avait mis la volonté particulière à la
place de la volonté générale ; l'Anarchie avait perverti
toutes les notions, corrompu les esprits et les cœurs,
anéanti tout ordre, tout rapport, divisé les Magistrats
et les Citoyens ; elle avoit rompu tous les nœuds so-
ciaux, détruit les germes de l'agriculture, éteint le
flambeau du commerce, et brisé les ressorts de la confiance. Enfin, on voyait alors prendre naissance et
grandir dans le sein des orages, des factions extermi-
natrices, qui après avoir dévoré le corps politique, fi-
nissaient toujours par se dévorer elles-mêmes. Dans ces
temps de désastres et de calamités, moi seul, ignoré
et enfoui, pour ainsi dire, au milieu d'un régiment
de ligne, je me battais sans mot dire, et gémissais
en silence sur les excès auxquels se portaient mes
concitoyens ; je me contentais de former en secret des
vœux impuissans pour le bonheur de ma triste patrie.
Je devançais de cœur, de desir et d'idée les progrès de
la révolution, et je faisais d'inutiles souhaits pour cette

époque mémorable dont nous étions encore éloignés ,
et qui ne devait que quelques années après , remplacer le fléau de la guerre par une paix glorieuse , sta-
ble et bienfaisante : malgré les agens secrets que les
Triumvirs entretenaient jusques dans le sein des armées, j'employais mes loisirs à inspirer mes sentimens à mes frères d'armes , dont l'estime m'avait
concilié la confiance ; je leur apprenais à obéir sans
élever le moindre murmure, mais j'enveloppais mes
leçons des charmes de la persuasion , en un mot je
préparais d'avance ce grand système d'humanité qui
devait remplacer ce système affreux qui désolait alors
l'intérieur de la France. Je ne négligeai aucune oc-
casion de contribuer d'avance de tous mes faibles
moyens à le faire desirer , mais bientôt je m'apperçus
que mes forces trahissaient mon courage ; ma santé
épuisée par les fatigues de la guerre , était entièrement
délabrée. Il me fallut donc songer , quoi qu'à regret,
à quitter une carrière que j'avais embrassée volontairement , et pour laquelle je me sentais né ; la commission de santé constata ma réforme , et dès-lors tour-
nant mes regards vers la partie administrative ; je me
disposai à continuer de servir ma patrie d'une manière non moins utile. Le Commissaire de la commission des *armées de terre*, m'attacha dans ses bureaux
comme Sous-Chef, jusqu'au moment où le citoyen
Cochon alors Ministre de la police générale, m'appela
dans son ministère, en qualité de *Commis d'ordre général*. Enfin , le sage et vertueux *Dondeau*, un des
successeurs de ce grand Administrateur, me confia

la partie de l'esprit public. Les certificats ci-après
de ce Ministre, sont un témoin irrécusable des nouveaux titres que j'acquis alors à la bienveillance nationale; cependant devenant le jouet et la victime des
partis qui se terrassaient tour à tour, je fus à plusieurs
reprises en faveur ou disgracié, suivant les passions
des hommes en place qui se succédaient avec rapidité.

Ce fut sur ces entrefaites que le citoyen *François de
Neufchâteau*, ami des arts et des lettres, m'employa
à l'instruction publique; cet état de calme et de tran-
quillité, convenait parfaitement à mes goûts et à mon
cœur; mais le moyen d'être tranquille au moment où la
France touchait à sa perte? vous étiez encore, citoyen
Consul, sur des plages lointaines, et la République
dont les armées étoient alors totalement délabrées, ré-
clamait de toutes parts de nouvelles recrues. On levait
à la hâte des troupes auxiliaires, et je fus chargé personnellement par le Ministre de la guerre, d'organiser
les bataillons de l'*Aveyron* La tâche qui m'était im-
posée, n'était pas facile à remplir. Ce pays de mon-
tagnes avait un grand besoin d'être stimulé pour se
décider à obéir à la voix de la patrie; les loix y étaient
sans vigueur, et le langage de la persuasion était le
seul que l'on pût employer. Je m'en servis avec succès
(1) mais votre retour en France, Citoyen Consul,

_____

(1) Les certificats ci-après, des Généraux qui commandaient alors dans le midi, peuvent constater mes services et
mon dévouement.

changea la face des affaires ; les bataillons auxiliaires, si dispendieux pour le gouvernement, furent
embrigadés, et moi, alors en mission à Paris par
ordre du Général en chef, je fus réformé comme
Quartier-Maître, et je me vis de nouveau sans emploi, sans fortune, et exposé avec une famille nombreuse aux horreurs de la détresse.

Heureusement un génie bienfaisant veillait sur moi.
Un Ministre équitable et sensible dont j'avais l'honneur d'être connu avantageusement, votre frère lui-
même, Lucien BONAPARTE, m'appela aux fonctions
de Commis *divisionnaire* au ministère de l'intérieur,
aux appointemens de 6,000 liv. mais helas! je perdis
peu de temps après cet illustre protecteur : lors de
son départ pour l'Ambassade d'Espagne, je fus enve-
loppé, par vue d'économie, dans la suppression de son
bureau particulier ; et pour la troisième fois je fus réduit à implorer pour exister, les secours de l'amitié.

Le cœur justement aigri contre la fatale destinée
qui me poursuivait, je résolus de rompre avec la so-
ciété, et je me retirai avec les miens, dans une petite habitation rustique que je me plus à cultiver de
mes propres mains. Là, loin des hommes, de la fortune et de ses trompeuses faveurs, je passai mes
premiers momens entre le culte des Muses et l'éducation de mes enfans ; mais je m'apperçus bientôt
que tous mes beaux projets de retraite n'étaient pas
suffisans pour faire exister une famille nombreuse ;
d'ailleurs j'étais trop jeune encore pour renoncer à

l'espoir de me rendre utile, et déterminé par d'aussi puissantes considérations, je me décidai à réclamer de nouveau de l'emploi.

Le Consul *Lebrun* qui m'honorait de son estime et de sa bienveillance, me recommanda au Ministre *Chaptal* qui ne pouvant prendre à moi que le simple intérêt qu'inspire un homme que l'on connaît à peine, me nomma au modique emploi de Directeur de l'octroi à *Autun* : néanmoins ma reconnaissance fut aussi vive que si cet emploi eût répondu à mes desirs, à mon espoir et à mes titres.

Cependant, Citoyen CONSUL, ce n'est point avec 1700 liv. qu'il est possible d'alimenter une famille nombreuse, ni de donner à des enfans bien nés, l'éducation qu'ils ont droit d'attendre, et qui formera sans doute un jour leur unique patrimoine.

Comme il n'est point au-dessous de votre dignité de fixer votre intérêt sur le sort d'un simple particulier, sur-tout lorsqu'il réunit tant de titres à votre protection, j'ose prétendre à l'honneur de conduire votre attention jusques dans l'intérieur de mon ménage. Vous êtes époux, Citoyen CONSUL, et certes les vertus domestiques ne sauraient être étrangères à votre cœur; vous savez combien nous intéresse le sort d'une compagne qui nous aime, mais ce que vous ne pouvez savoir par expérience, c'est combien la sollicitude d'un père est grande lorsque la fortune lui refuse les moyens d'élever ses enfans, de les soigner, de nourrir leur ame

en les entourant dès leur plus tendre jeunesse, de maî-
tres instruits et en état d'insinuer dans leurs cœurs le
germe de toutes les vertus. O vous! Citoyen Consul,
vous que la nature a doué d'une ame sensible et au-des-
sus du vulgaire, daignez vous dérober un instant aux
grandeurs qui vous environnent, pour écouter les réclamations d'un chef de famille justement allarmé sur
le sort des êtres qui lui sont les plus chers au monde, des
innocentes créatures à qui il a donné la vie!.. Voyez-
les avec intérêt élever vers vous leurs petites mains sup-
pliantes, et par leurs caresses enfantines vous témoigner
toute leur reconnoissance; voyez une épouse attendrie,
invoquer vos bontés et vous proclamer son bienfaiteur
et celui de ses enfans; enfin contemplez leur trop heureux père, ivre de joie, affaissé pour ainsi dire, sous
le poids de son bonheur, et cherchant avec avidité des
êtres sensibles pour leur prononcer le nom de Bonaparte, et pour leur montrer son ouvrage: ah! Citoyen
Consul, un semblable spectacle est bien fait pour
émouvoir votre sensibilité! il vaudrait bien un triom-
phe; et pourtant il ne couterait à votre ame généreuse,
ni un regret ni un soupir...

Les prestiges flatteurs qui caressent l'homme en place
et qui pour l'ordinaire enveloppent son cœur d'une
écorce dure et impénétrable, n'ont aucun pouvoir sur
le vôtre: j'en ai la certitude, Citoyen Consul; cette
idée me console et me rassure, mais n'ai-je pas à craindre que la multiplicité de vos fonctions importantes ne
bannisse de votre souvenir l'homme obscur qui n'est
point

point entouré de ce faux brillant nécessaire à quiconque se hazarde à se produire sans l'appui de quelques protections puissantes ?

Faudrait-il donc être protégé pour obtenir les moyens de faire le bien , et faudrait-il employer les ressorts de l'intrigue pour obtenir justice? non sans doute : dans un Gouvernement tel que le nôtre, il suffit d'avoir des titres et du mérite; il est constant que je réunis le premier de ces deux avantages ; c'est à vous Citoyen Consul, à juger s'il me sera permis un jour de prétendre au second.

En effet, quelle classe d'hommes aura donc des droits à la bienveillance de l'état, si ce n'est celle qui a contribué de tout son pouvoir à le consolider : la classe du militaire est sans contredit celle qui a payé la dette la plus considérable; mais dans son sein même, n'existe-t-il pas encore des distinctions? Tous les défenseurs ont-ils indistinctement acquis des titres à sa reconnaissance ? Celui que le sort des combats a favorisé, est-il moins digne d'éloge que celui qui est resté sur le champ de bataille ? Enfin, faut-il s'être fait tuer, ou du moins estropier, pour pouvoir provoquer une remarque particulière, une récompense, ou plutôt une justice?

Je n'ai point fait de ma propre cause un sujet de parti; je n'ai point cherché à me faire des partisans en les appitoyant sur mon sort; je n'ai jamais murmuré de l'oubli profond dans lequel je suis abandonné; j'ai dédaigné de faire mouvoir cet esprit d'intrigue, à l'aide duquel l'ambitieux parvient à s'élever; en un mot, je n'ai pas

B

cru devoir recourir à ces moyens vils, qui à la honte de ceux qui les emploient, leur assurent quelquefois le succès. La justice que je réclame est publique, j'en fais ouvertement la demande; je la base sur des faits, sur des motifs puissans; la crainte de ne pouvoir faire parvenir mes foibles accens jusqu'à vous, Citoyen Consul, est la seule inquiétude qui puisse véritablement m'alarmer.

Un oubli de votre part ne sauroit vous attirer l'improbation, même de celui qui sollicite, mais elle retomberait sur les hommes qui vous entourent, et qui sont chargés par vos propres ordres de vous rappeler le bien que vous pouvez faire, ainsi que les actes d'équité que vous avez à rendre.

Mes services militaires, Citoyen Consul, ne sont pas les seuls que j'ai rendu à la chose publique; il en est d'autres dont je puis encore me glorifier; je veux parler de ma gestion dans la partie administrative. Les suffrages des différentes personnes sous les yeux desquelles j'ai été à même d'opérer, suffisent pour établir le dégré de titres que j'ai acquis à la bienveillance du Gouvernement.

Enfin, mes travaux littéraires, en établissant la mesure de mes moyens, suffisent également pour donner une idée de mes principes politiques. Encore jeune, j'ai osé publier pendant le fort de la terreur, une brochure d'autant plus hardie, qu'elle manifestait au milieu des secousses de l'anarchie, mon amour pour la paix, mon respect pour les lois, et mon penchant pour les principes de justice sur lesquels le Gouvernement actuel a établi ses bases. Dans tous mes écrits j'ai laissé parler le cœur, et dans tous je me suis appliqué à propager la morale et les vertus républicaines qui peuvent seules constituer le bonheur des peuples. En un mot, si j'ai pris la plume dès ce temps de désolation, ce n'était que pour essayer de ramener les hommes égarés, en leur mettant constamment sous les yeux ces sentimens de paix, de concorde et d'humanité, si chers à la masse des français. Enfin, j'ai la douce consolation de n'avoir jamais dévié de mes premiers principes, et d'avoir été dès l'année 1793, ce que je suis encore en l'an 10 (1); tous ces titres, Citoyen CONSUL, ne seraient-ils pas suffisans pour fixer votre attention ? Je ne demande d'emploi que celui que vous jugerez être à ma convenance. Je le réclame moins comme une faveur, que comme devant me fournir les moyens d'acquérir de nouveaux droits à la reconnaissance nationale.

Si, contre mon attente, il vous était impossible, Citoyen CONSUL, d'utiliser ma bonne volonté dans l'intérieur, je me sens la force et le courage de supporter

---

(1) Il est facile de s'en convaincre en jettant les yeux sur les diverses productions littéraires du Citoyen ROSNY : son *Régime décemviral* et ses *Infortunes d'un détenu* avaient déjà vu le jour avant l'époque du 9 Thermidor; détestant également et les abus du Despotisme et les fureurs de la sanglante Anarchie, il ne cessa de se montrer dans toutes les occasions, ami de l'ordre, de la paix et des principes; voilà sa profession de foi, sa conduite politique en est le garant.

les fatigues et les dangers d'un long voyage, pour aller porter dans un climat étranger, l'amour de mon pays et l'amour de ses lois; s'il le faut, fixez ma destination pour quelques colonies, et revêtu d'une autorité quelconque, j'y porterai les principes et l'énergie dont je me sens animé; j'apprendrai aux habitans de ces contrées lointaines, à chérir le Gouvernement français et à répéter avec attendrissement le nom de son premier Magistrat. Si dans ces parages éloignés, sous un ciel nouveau pour moi, je parviens à trouver le bonheur, je reporterai de cœur et d'imagination, chacune de mes jouissances au bienfaiteur sensible à qui j'en serai redevable, et là, loin de l'envie, à l'abri de ses traits, je partagerai mon heureuse existence entre les soins de mon administration et les plaisirs de la reconnaissance.

Voilà, Citoyen Consul, l'exposé fidelle de ma situation présente, de mes espérances, de mes titres, et de mes principes politiques. Cet exposé est sans doute suffisant pour fixer votre attention; mais puis-je espérer qu'il vous sera mis sous vos yeux? Puis-je me flatter que l'égoïsme ou la négligence ne soustrairont pas à votre équité les moyens de prononcer sur mon sort? Je suis à soixante-dix lieues de la Capitale; je n'ai conservé près de vous ni protections, ni intrigues; l'estime seule peut me servir en vous remettant personnellement ce mémoire : aussi je ne me recommande qu'à l'estime pour plaider auprès de vous la cause de l'infortune.

JOSEPH ROSNY,
Directeur de l'Octroi à AUTUN.

TABLEAU

Des diverses pièces et certificats qui peuvent cons-
tater les services et les principes de JOSEPH
ROSNY durant sa gestion des différens emplois
qu'il a occupés pendant le cours de la révolution,
tant dans la partie militaire qu'administrative.

72ᵉ. *Régiment d'Infanterie, dit VEXIN.*

Nous Membres du conseil d'administration dudit Régiment, certifions que le nommé JOSEPH ROSNY, Sergent-
Fourier au premier bataillon, a commencé à servir depuis le
21 Février 1788, jusqu'au 20 Avril 1790, époque à laquelle
il a obtenu son congé absolu en déposant.

Nous certifions de plus que le dénommé ci-dessus, s'est
toujours comporté avec honneur et distinction, ce 4 Oct. 1789.

Signé, VALLOIS, CARRÉ, BOISQUILLON, MANCHARD,
DÉDELAI.

1ᵉʳ. *Bataillon du Département du CHER.*

Nous Officiers dudit bataillon, attestons à tous ceux à qui
il appartiendra, que le citoyen JOSEPH ROSNY, Volontaire
de la cinquième compagnie, muni du suffrage de tous les

Officiers du Corps, et de tous ses Camarades en général, a toujours mené une vie irréprochable, et s'est constamment acquité de ses devoirs avec zèle, honneur et patriotisme. En foi de quoi nous lui avons délivré le présent pour lui valoir et servir ce que de raison.

Signé, PIECOURT, ABICOT, MABILLAT, DEBIZE, PA-TIN, BREUILLARD, VILLATTE, HYET, DELOUCHES.

LA FAYETTE, *Général en chef.*

LE Général en chef certifie que le citoyen JOSEPH ROSNY attaché au premier bataillon du Département du Cher, a réuni de tout le corps des Officiers de ce bataillon, les témoignages les plus flatteurs de leur estime et de leur attachement.

Au camp de Givonne, près Sedan, Septembre 1792,
Signé, LA FAYETTE.

VU et certifié par moi Maréchal de camp,
Signé, MIACZINSKY.

VU par nous Général en chef de l'armée du Nord,
Signé, DUMOURIER.

HÉDOUVILLE, *Général de division.*

JE soussigné, certifie que le citoyen JOSEPH ROSNY, Quartier-Maître-Trésorier de la légion des Ardennes, n'a jamais cessé de manifester dans toutes les occasions possibles, le civisme le plus pur, et le dévouement le plus entier pour le bien public. J'atteste de plus, avec le plus grand plaisir, les talens militaires et administratifs de cet Officier, ainsi que le zèle et l'intelligence rares qu'il a déployés pendant la gestion de l'emploi qui lui a été confié.

Signé, HÉDOUVILLE.

Vu par le Commissaire de la commission du mouvement et de l'organisation des armées de terre,

Signé, PILLE.

Légion des ARDENNES.

Nous Lieutenant-Colonel et Officiers de la Légion des Ardennes, certifions que le citoyen JOSEPH ROSNY, présentement Lieutenant, commandant la cinquième compagnie du second bataillon, a exercé dans ledit Corps le poste de Quartier-Maître-Trésorier, avec autant de zèle et d'intelligence, que de bonne foi et de civisme. Nous attestons en outre que cet Officier distingué, s'est attiré par son entier dévouement à la chose publique, par sa bravoure et par la pureté de ses mœurs, l'estime de ses supérieurs, et tout l'attachement de ses frères d'armes. Nous assurons de plus qu'il est véritablement en état d'occuper telle place qu'il plaira au Ministre de la guerre de lui confier.

Signé, BOUTAREL, BARDONNAUD, CASSIER, LAMBERT, DÉRÉDOUVILLE, HECTOR LOUYRETTE, JACQUINOT, MONÈSTIER, CHOQUET, GUYPPON, SOLDINI, HUOT, FLY, DAFOSSE, BOULAIS, DUCHESNE, BRASSARD, SOUCHOIS, LALLEMAND, LIVREAUMONT.

2°. Bataillon des Chasseurs des ARDENNES.

Nous Officiers dudit bataillon, certifions avec plaisir que le citoyen JOSEPH ROSNY, Lieutenant audit Régiment,

s'est attiré, par sa conduite, par la délicatesse de ses sentimens, et par son sincère dévouement pour la chose publique,
l'estime générale de tous ceux qui ont été à portée de le con-
naître et de l'apprécier. Nous certifions avec un égal em-
pressement, le zèle l'honneur et la bravoure de cet Officier,
qu'il a toujours manifesté dans les différentes affaires où il
s'est trouvé, et dans lesquelles il s'est véritablement distingué.
Nous attestons en outre la présece de cet Officier à l'armée
depuis le commencement de la guerre.

Signé, LIVREAUMONT, LAFOSSE, JACQUINOT, GUYP-
PON, TURBAT, DEVASSY, SOLDINI, LOUYRETTE, MON-
TIGNY, BEVIERE, QUEQUET, BRASSARD, LALLEMAND,
BOUTAREL, MONESTIER, CHOQUET, BOULAIS, HUOT,
CASSIER.

Vu par le Conseil d'administration, LOUYRETTE, MONES-
TIER, GUYPPON.

Vu par moi Général de brigade, CARPENTIER.

Vu à l'État, major de la place, St. HILAIRE.

Vu par moi Général de division, ROBERT.

Vu par moi Général commandant la réserve, BOURNET.

Vu par moi Commissaire ordonnateur, THENON.

Vu par moi Génér. commandant la force armée, JACOB.

Vu par moi Représetant du peuple, HYCHON.

Le Général de brigade DESCLOSEAUX.

JE certifie que le Lieutenant ROSNY a servi pendant tout
le temps qu'il a été sous mes ordres, avec la plus grande
exactitude dans ses devoirs, et je déclare que j'estime qu'il
est en état d'occuper tous les emplois que le Gouvernement
voudra lui confier.

Signé, DESCLOSEAUX.

Le Général de brigade FABRE - FOND.

JE déclare et certifie que le citoyen JOSEPH ROSNY a rempli pendant cinq mois, les fonctions d'Adjoint à mon État major, et que pendant ce temps il s'est acquis mon estime, ma confiance et mon attachement.

Signé, FABRE-FOND.

Le Chef de brigade commandant la place de TOURS.

CONVAINCU du zèle, de l'intelligence et des talents du citoyen ROSNY, c'est avec le plus grand plaisir que je certifie que sa bonne conduite, ses principes et la pureté de ses mœurs, méritent le plus vif intérêt pour son avancement.

Signé, LA DOUCE.

Le Représentant du peuple GUIMBERTEAU.

D'APRÈS les divers renseignemens que j'ai fait prendre sur le compte du citoyen ROSNY, et les témoignages avantageux qui m'ont été rendus de sa conduite et de ses services, j'estime qu'il mérite l'attention du Gouvernement, et qu'il est digne de remplir des emplois de confiance.

Signé, GUIMBERTEAU.

Le Général de brigade JACOB.

JE soussigné, Général de brigade commandant la force armée de la place de Tours, certifie que le citoyen ROSNY,

Lieutenant des Chasseurs des Ardennes, m'a été attaché en qualité d'Adjoint, tout le temps que je suis resté dans cette place, et que sa conduite et ses talens militaires et administratifs, m'ont été de la plus grande utilité dans plusieurs circonstances, et principalement dans une mission délicate et importante, qu'il a rempli avec zèle, et d'une manière distinguée. Je déclare en outre que le délabrement de sa santé est la seule raison qui l'a empêché de continuer près de moi le service d'Adjoint.

Signé, JACOB.

Le Général de Brigade BOURNET.

CERTIFIE que le citoyen ROSNY a fait les deux premières campagnes de la Vendée, de manière à se concilier tous les suffrages, par ses principes, sa bonne conduite et ses talens militaires qu'il a déployés en plusieurs occasions, entr'autres aux affaires de *Doué*, *Tremont* et *Chollet*, dans lesquelles il s'est distingué particulièrement.

Signé, BOURNET.

Détachement de la VENDÉE.

NOUS Officiers et Sous-Officiers dudit Détachement, certifions que le citoyen ROSNY, notre camarade et notre ami, s'est comporté dans toutes les circonstances, en brave Officier; qu'il n'a quitté le détachement que par ordre des Généraux, pour passer Adjoint à l'Adjudant général VERPOT; enfin, qu'il n'est revenu parmi nous qu'à la mort de cet Officier général tué à ses côtés au siège de *Chollet*, par les rebelles.

Signé, FLY, TURBAT, COLLINET, LIMOSIN, HÉDELINE, CHARPENTIER, etc.

Le Général de division ROBERT.

ROBERT, Général divisionnaire, certifie que le cit. JOSEPH ROSNY lui a été attaché en qualité d'*Aide de camp*, et qu'il a toujours manifesté dans ses fonctions, autant de talens que d'ardeur et de civisme. En acceptant la démission de cet Officier distingué, motivée sur le délabrement de sa santé, suite des fatigues de la guerre, je renouvelle l'assurance du regret que j'éprouve à renoncer aux services d'un frère d'armes qui m'a constamment secondé, principalement pendant ma gestion de Chef de l'État major de l'armée de l'Ouest.

Signé, ROBERT.

Le Chef de l'État major de PARIS.

JE certifie qu'il m'est revenu les témoignages les plus avantageux sur la conduite, les mœurs, le talent et le civisme du citoyen ROSNY, ci-devant Aide de camp du Général divisionnaire ROBERT : je déclare en outre que la pureté de ses principes, lui a acquis l'estime de tous les gens de bien. En mon particulier je joins avec le plus grand plaisir mon témoignage à celui des personnes qui le connaissent.

Signé, DUVIGNEAU.

Commission des ARMÉES de terre.

LE Chef de la cinquième division de la Commission du mouvement des armées de terre, certifie que tout le tems que le cit. ROSNY a été employé dans les bureaux de la Commission, il a rempli les fonctions de premier Rédacteur, avec zèle et distinction, et que son exactitude lui a mérité l'estime particulière du Commissaire PILLE.　　*Signé,* D'AVERTON.

Le Ministre de la P O L I C E générale.

JE soussigné, déclare que la connaissance personnelle que j'ai eue du citoyen JOSEPH ROSNY, depuis trois ans, m'a donné l'idée la plus favorable de son attachement au Gouvernement républicain, de sa bonne conduite et de ses talens. C'est sous ce triple rapport que je l'ai admis à l'emploi de Sous-Chef au bureau de l'esprit public, établi près la première division du ministère de la Police générale.

Signé, DONDEAU.

L'ADMINISTRATEUR du Bureau central.

J'ATTESTE que je connais le citoyen ROSNY sous les rapports les plus avantageux, et c'est avec le plus grand plaisir que je réunis mon témoignage à celui du Ministre de la Police générale de la république.

Signé, L. MILLY.

MINISTÈRE DE L'INTÉRIEUR.

LE Chef de la cinquième division du Ministère de l'intérieur, certifie que le citoyen JOSEPH ROSNY a rempli pendant l'espace de six mois les fonctions de premier Employé au bureau des beaux arts, de manière à se concilier l'estime et l'attachement de ses confrères, jusqu'à ce jour, époque à laquelle il a donné sa démission pour reprendre du service militaire.

Signé, JACQUEMONT.

L'Aministrateur de la LOTERIE *nationale.*

Au citoyen JOSEPH ROSNY, Homme de lettres.

J'AI reçu, citoyen, votre lettre par laquelle vous me parlez du projet que vous avez formé de reprendre du service dans l'État militaire, et vous me demandez, pour en faire usage au besoin, une déclaration de mes sentimens à votre égard. Je connais les titres que vous avez acquis à la bienveillance du Gouvernement. Vos services militaires ne sont pas les moindres que vous ayez à faire valoir. Quant à vos opinions et à vos sentimens, je les crois ceux d'un républicain sage, éclairé et également ennemi de tous les extrêmes. Je n'ai jamais douté de la sincérité de votre patriotisme ; c'est pour cela que dans le temps j'ai cru qu'il était juste de vous rappeler au ministère de la Police, pour vous y donner une place analogue à vos talens. Je ne parle pas de vos talens littéraires ; ceux qui lisent vos ouvrages, sont à portée de les apprécier. Quant à moi je les lis avec plaisir, parce que j'y trouve par tout l'expression d'une ame honnête, un esprit juste, beaucoup d'amour pour la vertu et d'horreur pour le vice ; et qu'enfin je les crois propres à ramener les idées d'une saine morale si nécessaire à des républicains. Je desire que cette déclaration vous soit utile. Il serait agréable pour moi de penser qu'elle concourera à vous faire obtenir l'emploi que vous desirez.

Signé, DONDEAU.

Le Général de brigade MALYE.

C'EST avec le plus vif plaisir que je certifie que le citoyen JOSEPH ROSNY, Capitaine Quartier-Maître-Trésorier du bataillon de l'AVEYRON, n'a cessé, tout le temps qu'il a été sous mes ordres, de mériter l'estime de ses Supérieurs, et l'attachement de ses camarades. J'atteste en outre le civisme, la moralité, ainsi que les talens militaires et administratifs de cet Officier, et je certifie de plus, qu'il m'a sérieusement secondé dans toutes mes opérations, avec autant de zèle que d'intelligence ; qu'il a donné des soins assidus à la prompte et entière organisation du Corps dont il fait partie ; enfin, ayant été pendant long-temps à même d'observer sa manière d'opérer, j'affirme qu'il mérite d'être distingué du Gouvernement.

Signé, MALYE.

Le Bataillon de l'AVEYRON.

LE Conseil d'administration du premier bataillon de l'Aveyron, certifie que le Citoyen JOSEPH ROSNY, Capitaine Quartier-Maître-Trésorier dudit bataillon, nommé à cet emploi par le Ministre de la guerre, a mérité l'estime, l'amitié et la confiance de tous ses frères d'armes. Ses heureux talens l'ont rendu aussi utile à ce nouveau corps, que les principes d'une sévère moralité l'ont rendu recommandable auprès du Conseil d'administration. Ses connoissances en comptabilité, garanties par une longue pratique, jointes à de rares moyens devraient le désigner pour une place supérieure. Beaucoup de délicatesse ajoute à ses titres ; et parmi les Officiers, Sous-Officiers et Soldats, sa conduite l'a rendu cher à tous les sentimens. Les motifs que le Conseil d'administration doit exposer pour que le citoyen ROSNY obtienne de l'avancement, se trouvent dans le bien de la chose comme dans l'ancienneté de son service. La démarche du Conseil auprès du Gouvernement, n'est dû qu'aux rapports qui existent entre le bien public et ses intentions. Elle est également légitimée en faveur du citoyen ROSNY, par la considération qu'on doit aux connaissances et aux qualités morales.

Signé, les Membres du Conseil et Officiers.

DURRE, LA GARDELLE, GENTY, MANZON, ANDUZE, LOZAINSHY, BONNET, BOYER, PRIVAT, COUDERC, SANS, GUYESSE, PORTIER, PARRA, TESTE, ROMME-GOUX, THERONDEL, CABARRQT, BOYER, VALETTE, VERDIER, DOMERGUE, MARMIESSE, NOAILLES, SCU-DIER, DANGLES, etc.

———————

P. S. *Outre les divers Certificats ci-dessus, le cit. ROSNY peut encore produire le témoignage puissant d'un grand nombre de personnes environnées de l'estime publique, qui sont à même d'attester ses principes politiques, sa conduite morale et sa manière d'opérer.*

www.ingramcontent.com/pod-product-compliance
Lightning Source LLC
Chambersburg PA
CBHW061613180626
46818CB00005B/2054